MARIAGE MORTEL À PEUFFIÉ

MARIAGE MORTEL À PEUFFIÉ

FABIEN DELORME

MARIAGE MORTEL À PEUFFIÉ

À ma grande surprise, j'avais réussi à obtenir un rendez-vous chez le médecin en moins d'une semaine. Pas simple, ici, à Peuffié, en plein cœur de la Creuse. Les médecins sont rares, et la population vieillissante.

La salle d'attente du cabinet du docteur Boulard était pleine à craquer. Dans la petite pièce surchauffée et aux murs d'un blanc immaculé, nous étions sept à attendre notre tour.

Hormis un enfant qui était en train d'arracher les feuilles du ficus décoratif, malgré les réprimandes de sa mère, j'étais le plus jeune dans cette salle, tous les autres patients ayant allègrement dépassé les soixante-dix ans.

Je n'en connaissais aucun mais, aux regards en coin empreints de curiosité qu'on me lançait de temps à autre, je compris que la réciproque n'était pas vraie. Je me sentais un peu comme une bête de foire, plus que comme une célébrité locale. J'étais installé en tant que détective privé depuis moins de deux ans dans ce village, et je m'étais fait une petite réputation en résolvant des crimes en apparence impossibles. Même la gendarmerie locale faisait parfois appel à moi quand elle n'arrivait pas à démêler le vrai du faux.

Juste en face de moi, une petite vieille maigrichonne aux cheveux filasse et au visage ridé me lançait des regards emplis d'animosité, sans que je sache pourquoi. Elle me mettait particulièrement mal à l'aise. La pièce sentait fort l'eau de Cologne bon marché parfumée à la lavande, et je la soupçonnais d'en être la responsable.

L'attente me paraissait interminable. Comme une andouille, j'avais oublié mon téléphone à la maison, et je n'avais pas pensé non plus à prendre le roman que je venais de commencer la veille au soir. La petite vieille, en face de moi, se pencha pour prendre un de ces vieux magazines qui trainaient sur la table basse, tout en continuant à me lancer des regards en coin.

Alors que je m'apprêtais moi-même à me saisir d'une revue, pour enfin pouvoir tuer le temps, la porte du cabinet s'ouvrit et un ami à moi en sortit. Le capitaine de gendarmerie Laurent Nicol, un géant de deux mètres de haut au crâne largement dégarni.

— Bonjour Laurent, lui dis-je.

— Alexandre ! Justement, il fallait que je vous voie.

Les affaires reprennent, me dis-je. Je pensais que Laurent voulait me parler d'un dossier pour lequel ils auraient besoin de mes lumières. Mais il me dit :

— Ma fille Coraline se marie samedi en huit, avec un de mes hommes que vous avez déjà vu je pense, le gendarme Antoine Fouchet. Je me disais que vous pourriez peut-être vous joindre à nous lors du vin d'honneur ? Si vous êtes disponible, évidemment.

J'hésitai, l'espace d'un instant. Les événements mondains, ce n'est pas trop mon truc. Je suis plutôt introverti de nature. Sinon, jamais je ne serais venu m'enterrer dans un petit village comme Peuffié.

D'un autre côté, Laurent serait là, je le considérais comme un ami, et si cela lui faisait plaisir de me voir à cette fête, je pouvais bien faire un effort.

Et puis, qui sait, ce serait peut-être l'occasion de trouver un nouveau client ou deux.

— Ce sera avec grand plaisir, Laurent !

— Formidable ! Eh bien, je vous tiens au courant.

Le docteur Boulard, un petit homme trapu aux tempes grisonnantes et aux lunettes épaisses, apparut alors dans l'encadrement de la porte. Il dit d'une voix forte :

— Patient suivant, s'il vous plait !

C'était mon tour. J'étais sur le point de me lever, mais la petite vieille me devança. Elle bondit sur ses deux jambes en disant de sa voix usée par les années :

— C'est à moi !

Et elle entra dans le cabinet avant même que j'aie le temps de réagir, me gratifiant d'un regard méprisant au passage.

Quelle mégère !

❧

LE SAMEDI SUIVANT, j'étais un des premiers à arriver dans la salle des fêtes de Peuffié. C'était une salle assez grande, haute de plafond, qui pouvait accueillir une centaine de personnes assises. Mariages, spectacles, tournois de belote ou autres, tous les événements importants du village se déroulaient ici.

Au fond, une scène surélevée était cachée par un grand rideau noir poussiéreux. À l'autre extrémité de la salle, près de l'entrée, sur la droite quand on faisait face à la scène, un bar immense recouvert du même bois sombre que le parquet au sol, permettait aux participants de se désaltérer. Derrière le bar, une porte permettait d'accéder aux cuisines.

Sur le même mur, quelques mètres plus loin, une autre porte permettait d'accéder aux toilettes, du moins si j'en croyais le panneau qui était collé juste au-dessus.

Pour l'occasion, on avait rangé toutes les chaises de la salle dans une remise, et on avait dressé de grandes tables recouvertes d'élégantes nappes blanches en tissu. On avait disposé des flûtes à champagne, vides pour le moment, à chaque extrémité de chaque table. Des serveurs en costume allaient et venaient, déposant ici un pain surprise, là un seau à champagne pour garder la boisson au frais.

Sur le côté gauche, les immenses portes-fenêtres qui donnaient sur les jardins à l'arrière de la salle étaient grandes ouvertes. Le temps magnifique s'y prêtait, évidemment.

J'étais un peu en avance, les autres invités n'étant pas encore arrivés. La cérémonie religieuse n'était pas terminée, et je n'y avais pas été convié. Le capitaine savait que je ne fréquentais jamais ces endroits, aussi m'avait-il dispensé de cette corvée.

Une serveuse ravissante aux longs cheveux bruns était plantée derrière la table, mains croisées dans le dos. Elle semblait s'ennuyer, elle aussi, en attendant l'arrivée des convives.

Afin de passer le temps en charmante compagnie, je me décidai à aller lui adresser la parole. Me voyant arriver, elle me gratifia d'un magnifique sourire.

— Bonjour monsieur !

— Bonjour, lui dis-je. Ça va, pas trop pénible d'attendre comme ça, avec un beau temps pareil ?

Oui, ça ne voulait pas dire grand-chose. Je n'ai jamais été bon pour engager la discussion, surtout avec les membres du sexe opposé. Mais elle ne sembla pas s'en formaliser et, au contraire, parut ravie d'avoir quelqu'un avec qui parler.

— Oh non, pas du tout, j'ai hâte que les gens arrivent,

vous savez, je connais la mariée, Coraline, c'est une amie à moi, on fait de l'équitation ensemble.

— Ah oui, dis-je, ravi qu'elle se soit elle-même occupée de trouver un sujet de conversation.

— Oui ! Son cheval, Salsa, c'est un véritable amour, si vous saviez... Vous aimez les chevaux, vous ?

— Euh, oui, enfin, je les aime bien comme ça, mais je ne suis pas un passionné comme vous. Je n'ai pas de cheval, le seul animal que j'ai c'est un chat. Frankie. Enfin, lui ça lui ferait bien d'aller courir et de prendre l'air, il s'est un peu empâté ces derniers temps et...

Sans s'intéresser le moins du monde à ce que je disais, elle m'interrompit, se pencha légèrement vers moi, et dit à voix basse :

— Par contre, le répétez à personne, mais le marié, je trouve que c'est vraiment un sale con.

Elle fit la grimace.

—Ah oui ? Comment ça ?

— Figurez-vous qu'il a trompé Coraline plusieurs fois. Elle lui a pardonné à chaque fois, moi je lui ai dit, te marie pas avec ce type-là, c'est un salaud, il va te rendre malheureuse.

Puis elle se redressa et dit à voix haute :

— Mais bon, elle a fait son choix, elle sait ce qu'elle fait, hein.

Dehors, j'entendis un concert de klaxons se rapprochant peu à peu. La cérémonie religieuse avait touché à sa fin, le cortège allait bientôt arriver. Je tendis la main à la serveuse et dis :

— Eh bien, je vais vous laisser, vous allez avoir à faire maintenant. En tout cas, ravi de faire votre connaissance. Je m'appelle Alexandre.

— Oui, je sais, dit-elle avec un grand sourire. Alexandre Grimbert. Vous êtes le célèbre détective privé.

Tout le monde vous connaît à Peuffié vous savez. Oh, moi c'est Zoé.

— Eh bien, à plus tard Zoé lui dis-je en lui rendant son sourire avant de m'éloigner.

À peine avais-je fait quelques pas, le sourire toujours collé aux lèvres, que je sentis une main se poser sur mon épaule et une voix que je connaissais bien dire :

— Alors Alex, t'as une touche ?

Je me retournai.

— Florine ! Je ne savais pas que tu étais invitée.

Mon amie de longue date portait une grande robe jaune canari, avec une sorte de fleur décorative accrochée près du col. Elle soupira, leva les yeux au ciel et dit :

— Ouais, m'en parle pas, les cérémonies religieuses c'est pas trop mon truc tu sais.

— Moi non plus, la nargué-je, c'est pour ça que je m'en suis fait dispenser.

Autour de nous, la salle se remplissait peu à peu d'invités. Des gens que je connaissais de vue, d'autres que je voyais pour la toute première fois.

J'aperçus même la petite vieille que j'avais croisée dans la salle d'attente chez le docteur Boulard, quelques jours auparavant. Celle qui m'avait chipé ma place. Je décidai de l'ignorer. Rapidement, le brouhaha des conversations se mit à résonner tout autour de nous.

— Bon alors, t'as pas répondu, dit Florine en désignant la serveuse d'un geste de la tête, t'as une touche ?

— Arrête, c'est bon, on discutait juste, c'est tout.

Elle me fit un sourire entendu.

Je jetai un nouveau regard alentour. La salle continuait de se remplir, et des gendarmes en tenue de cérémonie firent peu à peu leur apparition. Avec une fille de gendarme qui se marie avec un gendarme, il fallait s'y attendre. Cette touche de formalité supplémentaire les rendait tous particulièrement élégants. Je me sentais un peu piteux avec mon blazer aux coudières élimées et ma vieille chemise blanche. Pourtant, j'avais l'impression d'avoir fait des efforts.

Le docteur Boulard était également présent, vêtu d'un costume sombre qui semblait coûter une fortune, et d'un nœud papillon rouge vif. Il avait l'air d'un dandy, bien différent de l'homme en blouse de médecin que j'avais rencontré la semaine précédente.

Je ne me sentais pas vraiment dans mon élément avec tout ce monde qui arrivait peu à peu, aussi décidai-je de noyer mon désintérêt dans l'alcool. Cela tombait bien, Zoé, la serveuse qui m'avait tapé dans l'œil, était en train de remplir les flûtes à champagne.

— Je vais me prendre une coupette je crois, dis-je à Florine. Tu veux quelque chose ?

Elle éclata de rire.

— Tu crois pas que tu pourrais au moins attendre l'arrivée des heureux mariés avant de picoler ?

— Ah oui, c'est vrai, ça se fait, dis-je en tentant de cacher ma déception.

Elle me fit un clin d'œil et dit :

— Mais que ça ne t'empêche pas d'aller faire un tour au buffet. Va donc tenir compagnie à ta future conquête !

Je haussai les épaules mais suivis son conseil. J'étais à peine arrivé devant la table, ne sachant à nouveau ce que j'allais dire à Zoé, qu'elle releva la tête, me fit un sourire et me demanda :

— Ah, monsieur, vous êtes pressé de boire à ce que je vois ?

La petite vieille, celle qui m'était passée devant chez le médecin, était à quelques mètres de nous. Sur un ton blagueur, je dis à voix basse :

— Non, j'essaie d'échapper à cette vieille bique acariâtre, là. Elle doit pas rigoler tous les jours celle-là.

Elle éclata de rire.

— Qui ça ? Raymonde ?

Je me figeai :

— Quoi ? Vous la connaissez ?

— Oui, c'est ma tante !

Et elle se mit à rire de plus belle. Mort de honte, je retournai vers Florine sans demander mon reste. Mon amie me demanda :

— Qu'est-ce qui se passe ?

Je lui racontai ma gaffe. Elle éclata de rire à son tour et me dit :

— T'en rates vraiment pas une toi, hein. Boh, c'est pas grave, rougis pas comme ça, si ça se trouve elle non plus elle peut pas la saquer sa tata Raymonde !

C'est à ce moment-là que le couple fit son apparition. La mariée portait une robe blanche mal coupée qui la faisait ressembler à une meringue géante, tandis que l'époux portait son costume de cérémonie blanc. J'étais forcé de reconnaître que cet uniforme le mettait particulièrement en valeur.

Je me rappelai ce que m'avait dit Zoé quelques minutes auparavant. Antoine Fouchet, l'époux, était un coureur de jupons, si j'en croyais la serveuse. Je n'étais pas surpris, il me fallait bien reconnaître qu'il ne manquait pas de charme. Coraline, l'heureuse mariée, me semblait pour sa part tout à fait quelconque. J'avais un peu de mal à comprendre ce qu'Antoine lui trouvait. Enfin, le cœur a ses raisons, comme on dit.

❧

Après un discours des nouveaux mariés qui me parut durer des heures, nous pûmes enfin profiter du buffet. Le volume sonore montait à mesure que le temps passait, que les bouchons de champagne sautaient et que les bouteilles se vidaient. Un rire éclatait ici tandis que des verres s'entrechoquaient là. Les gens allaient et venaient, certains discutant dans le jardin tandis que d'autres campaient près du buffet.

Florine riait pour un oui, pour un non. Elle était un peu pompette. Même le capitaine, d'habitude si austère, me semblait plus joyeux que d'habitude. Certes, il venait de marier sa fille unique, mais à mon avis l'alcool n'était pas complètement étranger à son accès de bonne humeur. Je le vis d'ailleurs se diriger d'un pas incertain vers les cuisines, sans doute pour aller chercher une autre bouteille.

Pour ma part, si je n'étais sans doute plus en état de reprendre le volant, j'avais néanmoins réussi à modérer ma consommation d'alcool.

Les heures passaient, et une bonne partie des convives était sur le point de quitter les lieux pour se rendre au moulin de Bouillensac, où le repas de la soirée allait se dérouler.

Je n'étais pas invité au reste des festivités, et, même si je passais un bon moment, cela ne me dérangeait pas, bien au contraire. Seulement, j'avais peur que, le vin d'honneur touchant à sa fin, Zoé, la serveuse qui me plaisait tant, termine son service avant même que j'aie le temps de lui présenter mes excuses pour ma gaffe et de l'inviter quelque part, un de ces soirs. Sans doute un restaurant. L'alcool m'avait désinhibé, c'était le moment idéal pour lui demander son numéro de téléphone.

Je jetai un coup d'œil vers le buffet mais ne la vis pas. Je sentis me cœur se serrer. Était-elle déjà partie ? Avais-je trop tardé à me lancer, comme à mon habitude ? Je me maudissais intérieurement. Non, elle était sans doute dans la cuisine, ou dans l'une des réserves.

Alors que je me dirigeai vers le buffet pour attendre son

retour, un bruit sec retentit. Mais cette fois, ce n'était pas le son réjouissant d'un bouchon de champagne que l'on fait sauter.

Je connaissais ce bruit. C'était un coup de feu.

D'un seul coup, les conversations cessèrent. Tout le monde tourna la tête vers l'endroit d'où provenait la détonation, sans doute du côté des cuisines ou des toilettes.

Zoé entra en courant depuis la porte qui menait aux toilettes, l'air livide, et cria :

— Vite, appelez les secours ! Tata Raymonde... Elle s'est fait tirer dessus !

Puis elle passa à nouveau la porte dans l'autre sens.

Dans la salle, c'était l'effervescence, comme si l'on venait de donner un coup de pied dans une fourmilière. Plusieurs convives avaient déjà l'oreille vissée à leur téléphone, tentant de joindre les secours, tous en même temps. Laurent passa à son tour la tête par la même porte, et appela ses deux hommes les plus proches, en leur disant :

— Montez la garde. Veillez à ce que personne n'entre ici sans mon autorisation !

Le docteur Boulard se précipita vers le lieu du drame. Je le suivis. Je me disais que, contrairement au médecin, on ne me laisserait sans doute pas entrer, mais à ma grande surprise, Laurent dit à ses hommes :

— Le docteur peut entrer, cela va de soi. Monsieur Grimbert aussi, il a l'habitude des cas étranges comme celui-ci !

Nous passâmes tous les trois la petite porte et entrâmes dans une petite salle, une sorte de couloir plutôt, donnant sur trois autres pièces. Il y régnait une forte odeur de poudre.

Une femme ensanglantée gisait au sol. Elle était à moitié allongée, son dos mollement appuyé contre le mur qui nous faisait face. C'était bien la tante de la serveuse. Sa nièce Zoé, justement, était agenouillée à ses côtés, lui tenant la main en sanglotant.

À leurs côtés, une femme gendarme était debout, mal à l'aise.

Le médecin se précipita aux côtés de la victime et lui posa quelques questions. Elle semblait encore consciente, mais très faible. Une tache de sang s'écoulait de son flanc droit, à hauteur de la poitrine. Boulard regarda la femme gendarme, lui tendit un jeu de clés et dit :

— S'il vous plait madame, allez chercher ma sacoche, elle est dans le coffre de ma voiture ! La voiture blanche, près du portail d'entrée.

Laurent se jeta sur les clés et dit en grommelant :

— Non, c'est bon, je m'en occupe ! Alexandre, pouvez-vous rester ici s'il vous plait, et veiller à ce que ni l'adjudante Servier, ici présente, ni madame la serveuse ne quittent cette pièce ?

— Bien sûr, lui dis-je sans vraiment comprendre ce qui se passait.

Il se précipita dehors. Je demandai à la gendarme, l'adjudante Servier :

— Que s'est-il passé exactement ?

— Eh bien, nous ne savons pas vraiment. J'étais en train de me laver les mains juste à côté, aux toilettes, et madame Zoé Henri, ici présente, était à côté de moi, elle attendait son tour... Nous étions en train de dire à quel point la fête était un succès quand... Oh, j'aurais mieux fait de ne rien dire !

— Poursuivez, sil vous plait, lui demandai-je sur un ton un peu plus ferme que je ne l'aurais voulu.

— Eh bien, à ce moment-là, nous avons entendu retentir le coup de feu. Juste à côté. Ça venait d'ici, c'est sûr. Nous nous sommes précipitées ici, et nous avons vu la victime au sol, à peine consciente. Madame Henri s'est précipitée dans la grande salle et a demandé de l'aide, et au même moment le capitaine Nicol est arrivé d'ici.

Elle désigna la porte située sur ma droite et poursuivit :

— Il venait des cuisines. Et puis après, eh bien, vous connaissez la suite.

Je regardai Zoé, la serveuse. Elle était à genoux, à côté de sa tante. Elle sanglotait.

Le docteur Boulard, à genoux lui aussi, parlait à la victime, à voix basse, pour tenter de la rassurer. La vieille dame était presque inconsciente. Elle perdait beaucoup de sang.

La porte qui donnait sur la grande salle s'ouvrit à nouveau. Le capitaine entra, une épaisse sacoche en cuir marron à la main. Il la tendit au médecin, qui la posa à ses côtés et dit d'une voix douce à la victime :

— Bien, les secours sont certainement en chemin désormais. Je vais vous faire un garrot le temps qu'ils arrivent, et retirer la balle qui vous gêne.

Le capitaine et moi laissâmes le médecin s'affairer seul. Je préférai tenter de comprendre ce qui s'était passé. D'un coup d'œil, je détaillai la pièce. Elle disposait de quatre issues.

La première porte, dans mon dos, celle d'où j'étais arrivé, donnait sur la grande salle.

La deuxième, à ma droite, menait donc aux cuisines. C'était là que se trouvait Laurent quand les faits se sont produits. Je l'avais vu, effectivement, se diriger vers les cuisines pour aller chercher une bouteille, quelques instants plus tôt.

La troisième porte, au fond à gauche, comme l'indiquait le panneau qui l'ornait, permettait d'accéder aux toilettes. C'était de là que venaient Zoé et l'adjudante Servier.

Je désignai d'un coup de menton la dernière porte, celle

qui était près de nous, sur la gauche en entrant. Sans que j'aie besoin de dire un mot, Laurent dit :

— Ici ça donne sur une petite réserve. Aucune issue.

Je m'y dirigeai, allumai la lumière et regardai à l'intérieur. Personne. Aucune issue, aucun endroit où se cacher. Juste des dizaines de chaises, empilées les unes par-dessus les autres. Je ressortis.

Face à nous, au-dessus de la victime, à près de deux mètres de haut, un petit vasistas donnait sur l'extérieur. Il était fermé. Et il était bien trop haut, et surtout bien trop étroit, pour qu'un individu puisse passer par là.

De l'autre côté de la porte par laquelle j'étais entré, j'entendais des cris et des bribes de conversations paniquées. C'en était fini de la bonne ambiance de la soirée.

En attendant l'arrivée des secours, je tentai de comprendre ce qui avait bien pu se passer.

Quelqu'un avait donc tiré sur la vieille femme. Mais qui ? Où le tireur était-il passé ? Il n'était pas dans la réserve. Il ne pouvait évidemment pas être parti par le vasistas. Il ne restait que trois issues : les toilettes, d'où les deux femmes provenaient, la cuisine d'où venait le capitaine, et la grande salle où nous étions tous réunis lorsque nous avons entendu le coup de feu. Dans chaque cas, des témoins assermentés, au-delà de tout soupçon.

Je commençai à comprendre pourquoi Laurent avait souhaité ma présence ici, après avoir entendu le coup de feu. Nous étions face au genre de situations impossibles que j'avais l'habitude de résoudre. Je lui demandai :

— Si je comprends bien, le tireur ne peut pas être ressorti par le vasistas, ni par les deux portes à notre gauche, puisque l'un mène à une pièce sans issue, l'autre mène aux toilettes, d'où l'on ne peut pas quitter le bâtiment non plus. C'est bien cela ?

— Tout à fait.

— J'imagine aussi que le tireur n'a pas pu passer par la cuisine ?

— Évidemment, je l'aurais forcément croisé, sinon.

— Donc, il ne reste qu'une seule possibilité, chuchotai-je, la seule explication en fait, c'est que ces deux femmes sont complices. Elles étaient sur place, et personne, à part elles, n'est passé par la porte qui donne sur la grande salle.

Nous tournâmes le dos aux deux femmes pour qu'elles ne puissent pas entendre. Laurent répondit en chuchotant :

— J'y ai pensé, évidemment. Mais ça ne me satisfait pas vraiment. D'un côté, nous avons cette jeune serveuse qui est effondrée. Elle est proche de la victime, je vous le rappelle. De l'autre, une gendarme gradée. Et puis, ça ne répond pas à la deuxième question : où est passée l'arme ? Si c'est l'une d'entre elles, qu'en a-t-elle fait ? À part au moment de donner l'alerte à tout le monde, Zoé n'a pas quitté la pièce une seule seconde. Et l'adjudante Servier n'a tout simplement pas bougé d'ici.

Je regardai Zoé. Elle portait un pantalon noir, ainsi qu'une chemise blanche. Difficile de cacher une arme sur elle, mais pas impossible. Quant à la gendarme, elle pouvait très bien porter son arme sur elle. Il fallait s'en assurer, et Laurent sembla partager mon point de vue.

Il se dirigea vers la grande salle, appela de sa voix forte une des autres femmes gendarmes présentes, et lui demanda de fouiller sa collègue, puis la serveuse. Cette dernière, d'abord surprise, dit :

— Bien sûr, je comprends.

La fouille se révéla infructueuse. Alors que Laurent congédiait la gendarme qui s'en était occupée, le docteur Boulard dit :

— Capitaine, j'ai réussi à retirer la balle !

Nous nous retournâmes. Il tenait le projectile dans un mouchoir blanc désormais recouvert du sang de la victime.

Le capitaine prit le mouchoir et regarda la balle de plus près. C'était une balle de neuf millimètres.

— C'est le calibre qu'on utilise pour nos armes de service, dit Laurent. Ça veut dire que l'on ne peut décidément pas exclure que quelqu'un de chez nous ait fait le coup.

Il jeta un regard rapide en direction de l'adjudante Servier.

— En tout cas, qui que ce soit, il a oublié un petit quelque chose.

Je savais très bien où il allait en venir. Mais le docteur Boulard, qui suivait notre conversation, demanda :

— Quoi donc ?

Laurent montra le projectile et dit :

— Vous voyez ces stries, là, sur le côté ? Chaque arme à feu à sa propre signature. Ce n'est pas fait exprès, c'est comme ça. Chaque arme a des défauts, des imperfections, et elle imprime des marques sur chaque munition tirée.

— C'est comme une empreinte digitale, en fait, c'est ça ?

Il poursuivit à voix haute, pour être certain que Zoé comme l'adjudante l'entendent :

— Exactement, docteur. Et, à partir de cette empreinte digitale, comme vous dites, on va réussir à retrouver quelle arme a été utilisée. Enfin, si l'arme est répertoriée, évidemment. Mais je pense que c'est le cas. Je suis persuadé que c'est une arme qui vient de la caserne de Peuffié. Mesdames, il est dix-huit heures trente-deux, je vous notifie le début de votre garde à vue.

À ce moment précis, les secours arrivèrent. On transféra la victime vers l'hôpital de Bouillensac. Mais il était trop tard. Elle rendit l'âme pendant le trajet, emportant avec elle toutes les informations qu'elle aurait pu nous fournir concernant son meurtrier ou sa meurtrière.

DANS SON BUREAU de la gendarmerie de Peuffié, le capitaine faisait les cent pas.

J'étais assis dans une chaise en plastique, face à mon ami, tout en regardant le soleil se coucher à travers la fenêtre, mais moi aussi j'avais du mal à cacher ma nervosité. Nous attendions tous les deux le verdict de l'agent responsable du logiciel d'identification des munitions.

Il avait pris des photos de la balle qui avait été retirée du corps de la victime, et était reparti dans son bureau, pour télécharger les photographies dans un logiciel de reconstitution en trois dimensions. Le logiciel allait ensuite nous donner l'identification de l'arme, en tout cas si cette dernière était bien référencée dans la base de la Gendarmerie Nationale. Il ne restait plus qu'à attendre...

La munition, elle, était restée sur le bureau du capitaine. Je ne pouvais pas en détacher mon regard. Dire qu'un objet pourtant si petit pouvait ôter si facilement la vie...

Laurent s'assit enfin dans son fauteuil. Il prit un des stylos à bille, tous parfaitement identiques, qui étaient soigneusement rangés dans un porte-crayon en plastique, et commença à jouer avec. Nous fîmes le point.

— Donc, Alexandre, nous avons deux personnes actuellement en garde à vue dans cette affaire. Cette serveuse, Zoé Henri, ainsi que l'adjudante Servier. Sauf que, selon les premières analyses, madame Henri n'a pas de résidu de tir sur elle, elle n'en est donc pas à l'origine.

J'étais rassuré. Quand une personne utilise une arme à feu, de minuscules traces de poudre sont projetées sur elle. C'est inévitable. Et on n'en avait pas retrouvé sur Zoé. Donc, la serveuse était certes peut-être complice du drame qui venait de se jouer, mais au moins n'était-elle pas celle qui avait tiré sur sa propre tante. Laurent poursuivit :

— Quant à l'adjudante Servier, je ne peux pas en dire autant. Des résidus ont été trouvés sur elle. Mais ça ne prouve rien. Nous avons procédé à des exercices de tir toute la semaine, y compris ce matin. Bon sang, on pourrait sans doute trouver des traces de poudre sur la moitié des invités du mariage ! Non, au-delà du fait que les états de service de l'adjudante sont irréprochables, elle dispose d'un alibi, puisque madame Henri dit qu'elles étaient ensemble aux toilettes. Pour couronner le tout, pour l'instant, nous n'avons ni mobile, ni arme du crime. C'est à n'y rien comprendre !

Je confirmai les dires du capitaine. Une fois que les secours étaient arrivés et que Zoé et l'adjudante avaient toutes deux placées en garde à vue, tout le monde avait quitté la salle des fêtes. Les festivités étaient évidemment terminées et le repas n'aurait pas lieu ce soir-là. Personne n'avait le cœur à cela.

J'étais resté quelques minutes sur place, seul, et avais à nouveau fouillé les lieux. La remise où étaient stockées les chaises, ainsi que les toilettes. L'extérieur, aussi, de l'autre côté du petit vasistas, même si l'ouverture était beaucoup trop étroite pour qu'on puisse y glisser un pistolet.

Rien. Rien, nulle part, qui ressemble à une arme à feu.

Et pourtant, une idée avait germée dans mon esprit, peu à peu. Une idée qui ne me plaisait pas du tout. Une idée que je n'avais pas encore dévoilée à mon ami. Et pour cause.

Les deux femmes avaient apporté exactement le même témoignage : elles étaient toutes deux aux toilettes lorsque le coup de feu avait retenti. Elles n'avaient pas d'arme sur elles, et n'avaient pas eu l'occasion d'en cacher une après le tir. Sinon nous l'aurions retrouvée.

Mais Laurent ? Il était seul. Personne ne pouvait témoigner de sa présence en cuisine au moment des faits. Il aurait très bien pu tirer sur la victime, puis se réfugier dans la pièce d'où il venait, le temps que les deux témoins ressortent des toilettes.

Et puis, si l'on avait fouillé les deux suspectes, on n'avait évidemment pas cherché sur le capitaine. Il s'était d'ailleurs empressé de ressortir du bâtiment, pour récupérer la mallette du médecin dans la voiture de ce dernier. Il aurait eu largement le temps de se débarrasser d'une arme à ce moment-là.

J'avais vraiment beaucoup de mal à imaginer que mon ami puisse commettre un meurtre. Surtout le jour du mariage de sa fille. Mais, si je mettais mes sentiments de côté pour observer la réalité de manière totalement objective, force était de constater qu'il constituait le coupable idéal.

Laurent interrompit le cours de mes pensées pour dire :

— Eh bien, vivement que les résultats nous parviennent, que l'on sache au moins à qui appartenait l'arme qui a tiré. Si seulement ce pouvait être celle de l'adjudante Servier, je vous avoue que cela faciliterait grandement les choses.

On frappa à la porte. D'une voix forte, le capitaine cria :

— Entrez !

L'agent qui avait pris les photos du projectile entra dans le bureau, un papier à la main. Il semblait terriblement mal à l'aise. Il passa sa main libre derrière sa nuque, et dit d'une voix hésitante :

— Mon capitaine, le... Le logiciel a terminé l'analyse de la munition qui a tué Raymonde Henri.

— Eh bien, parlez, s'impatienta Laurent. Provient-elle de l'arme de service de l'adjudante Servier ?

— Euh... Non, mon capitaine. Par contre, vous aviez raison, elle provient bien d'une arme enregistrée ici, à la gendarmerie de Peuffié.

— Ah, eh bien c'est déjà ça. Nous allons enfin y voir un peu plus clair dans cette affaire !

— Oui, euh... Seulement... J'ai vérifié plusieurs fois, mais il n'y a aucun doute possible. Excusez-moi, mais... C'est votre arme... La munition a été tirée par votre arme, mon capitaine.

Laurent se leva d'un bond, le visage empourpré.

— Comment, vous plaisantez ? Qu'est-ce que vous racontez, c'est n'importe quoi et...

Il s'arrêta au milieu de sa phrase et regarda en direction de l'armoire forte en métal, dans le coin de son bureau. Il devint blanc comme un linge. Mon ami Laurent était en train de passer par toutes les couleurs du drapeau français.

— Ce n'est pas possible, dit-il d'une voix soudainement plus faible, mon arme était rangée dans mon coffre, et je suis le seul à y avoir accès... Je n'ai jamais donné la combinaison à personne...

Il sortit un trousseau de clés de sa poche, se dirigea vers l'armoire, et la déverrouilla. Je regardai l'intérieur. Plusieurs rangées de classeurs, organisés méthodiquement. Sur l'étagère du milieu, il y avait un petit coffre-fort à combinaison. Il était fermé.

Laurent congédia l'agent et me demanda :

— Alexandre, vous voulez bien regarder ailleurs quelques instants ? Je vous fais évidemment confiance, mais je veille à ce que personne ne connaisse cette combinaison, vous comprenez... Surtout que, vu les circonstances...

— Bien sûr, dis-je en lui tournant le dos.

Je l'entendis appuyer sur six touches, puis un petit déclic se fit. Je me retournai.

La porte s'ouvrit.

À l'intérieur du coffre, il y avait une arme à feu. Un Sig-Sauer. Laurent se pencha pour regarder le numéro de série et dit d'une voix neutre :

— C'est bien mon arme, Alexandre. Celle qui a soi-disant servi à abattre madame Raymonde Henri.

Il semblait soulagé. Évidemment, un capitaine de gendarmerie qui se fait voler son arme de service, et qui voit ladite arme utilisée pour commettre un crime, cela fait mauvais genre... Cela aurait été la source de nombreux ennuis pour lui, qu'il soit innocent ou non.

Ceci étant dit, son innocence me paraissait de plus en plus improbable. Tout l'accusait. Laurent avait pris son arme pendant le mariage, avait assassiné madame Henri, puis, une fois de retour dans son bureau, à l'abri des regards, il l'avait rangée dans son coffre. C'était l'évidence même.

Mais pourquoi aurait-il fait cela ?

Il se dirigea vers son ordinateur et me dit :

— Venez, Alexandre. Nous allons enfin comprendre ce qui s'est passé.

Comme je fronçai les sourcils, il me montra l'angle du mur, quasiment à hauteur du plafond. Une minuscule caméra de surveillance y était fixée. Elle était dirigée vers l'armoire forte.

— Alexandre, cette caméra filme mon bureau en permanence. Les images sont archivées. Quelqu'un s'est servi dans cette armoire, puis est venu ranger l'arme après son méfait. Je ne sais pas encore qui, je ne sais pas quand, je ne sais pas comment il s'y est pris exactement, mais nous allons vite le savoir.

Laurent lança un logiciel. Une image en noir et blanc du bureau apparut à l'écran. Dans le coin supérieur gauche, la date et l'heure étaient incrustées. Je connaissais bien ce système de vidéosurveillance. Il était impossible d'en falsifier le système d'horodatage. L'heure et la date affichées étaient forcément celles de la prise de vue.

Laurent lança la lecture de la vidéo, la veille au soir, vers dix-huit heures. Il apparut à l'écran. On le voyait se diriger vers l'armoire.

— C'est le moment où je venais de terminer ma séance de tir. C'est à ce moment que j'ai rangé l'arme.

Sur la vidéo, nous le vîmes effectivement déposer son arme dans le coffre, avant de le verrouiller, et de fermer l'armoire forte à clé.

Le capitaine passa le logiciel en lecture rapide. Nous le vîmes se déplacer à l'écran, en accéléré. Il s'installait à son bureau, pendant quelques instants, puis quittait les lieux à vingt heures passées. À l'écran, les heures défilèrent, mais pendant toute la nuit, rien ne s'était passé.

— Je ne suis pas revenu ici ce matin. Le salopard qui m'a volé mon arme a dû en profiter à ce moment-là. Sans doute de bonne heure, quand il n'y a encore personne ou presque.

Les heures continuaient de défiler. Il était déjà sept heures du matin, mais à l'image rien ne se passait. Aucun mouvement suspect. Personne n'était entré, d'aussi bon matin, dans le bureau du capitaine.

Les heures continuèrent de défiler. Dix heures, puis midi, puis quatorze heures. Toujours rien.

Enfin, nous atteignîmes l'heure fatidique. Dix-sept heures trente, l'heure où le coup de feu qui avait terrassé Raymonde Henri avait été tiré, dans la salle des fêtes.

Mais, à l'image, toujours rien.

Enfin, peu avant dix-neuf heures, le retour du capitaine, suivi de mon arrivée quelques minutes plus tard.

Personne n'était entré. Personne ne s'était approché de l'armoire forte. Personne n'avait ouvert le coffre.

Pas même le capitaine, comme j'avais pu le craindre.

Raymonde Henri avait été tuée par une arme qui était restée fermée dans un coffre, lui-même fermé dans une armoire blindée.

Laurent paraissait effondré. Cette histoire était bien plus pénible pour lui que pour toutes les autres auxquelles il avait été confronté jusqu'alors. Quelqu'un avait saboté le mariage de sa fille en assassinant une vieille dame avec sa propre arme de service, mais sans avoir pu y accéder.

Il y avait de quoi perdre les pédales. L'espace d'un instant, je crus qu'il allait se mettre à pleurer. Mais, pudique comme il l'était, il réussit à se retenir.

Ce qui m'arrangeait. Je ne sais jamais comment réagir quand les gens se mettent à pleurer.

❧

QUAND J'ARRIVAI ENFIN chez moi, il était vingt-deux heures passées. La nuit était tombée depuis longtemps, la lune était déjà haut dans le ciel, mais l'air était encore chaud.

À peine entré, je me débarrassai enfin de la veste de mon costume. Je sentais s'installer dans mon crâne, peu à peu, une migraine épouvantable. Le tribut à payer pour compenser fatigue, alcool et frustration accumulés tout au long de la journée.

Frankie, mon chat obèse, insensible à ma souffrance, manifesta sa présence en miaulant à en perdre la voix tout en se frottant à mes jambes. Comme il le faisait à chaque fois que je mettais un pied dans la maison.

— Laisse-moi tranquille s'il te plait, ce n'est vraiment pas le jour. Et puis ce n'est pas la peine de quémander, je suis sûr qu'il te reste encore des croquettes plein ton bol.

Je m'installai dans mon canapé, pris la télécommande de mon enceinte connectée et lançai la lecture de *Porgy and Bess* de Miles Davis. Mon mal de crâne se dissipait à mesure que la trompette du jazzman égrenait les notes de *Summertime*, tranquillement, l'une après l'autre. Oui, Miles Davis valait tous les cachets d'aspirine du monde. Mais je n'oubliai pas pour autant le conseil que Florine m'avait un jour donné :

— Si tu veux éviter la gueule de bois un lendemain de

fête, y a pas de secret, il faut boire un grand verre d'eau juste avant d'aller te coucher. C'est radical.

J'étais en train de m'endormir dans mon canapé. Je n'allais plus faire long feu, autant donc que je me lève, et que je boive ce fameux grand verre d'eau, avant de retrouver le confort de ma couette et de m'abandonner pour de bon dans les bras de Morphée.

Alors que j'arrivai dans la cuisine, je vis l'arrière-train de Frankie qui dépassait de sous le vieux buffet. Je me penchai en lui demandant :

— Eh ben, qu'est-ce que tu fais là-dessous ? Je ne sais pas si c'est bien raisonnable que tu fasses des acrobaties comme ça, tu vas rester coincé !

Comme pour me faire mentir, il ressortit de sa cachette, une vieille croquette racornie à la bouche. Je regardai son bol. Il était vide.

— Mon pauvre vieux ! Tu n'as plus rien à manger, te voilà obligé d'aller chercher des vieux restes que tu avais cachés sous le buffet ! Attends, je vais te resservir.

J'avais à peine sorti son paquet de croquettes du placard à provisions que j'eus l'illumination :

— Des vieux restes qui trainaient par terre... Mais... Frankie, je crois que tu viens une nouvelle fois de m'aider à résoudre une enquête criminelle ! Il faut que je file, mais je m'occupe de toi au retour, je te le promets !

Je me précipitai dans l'entrée, mis mon coupe-vent et sautai dans ma voiture, laissant Frankie seul face à sa perplexité.

❧

Il était maintenant bientôt minuit. J'étais garé près du logement de la personne que je soupçonnais d'être liée au meurtre de Raymonde Henri. Combien de temps allais-je devoir rester là ? Plusieurs heures certainement, peut-être même toute la nuit, mais peu m'importait. J'avais l'habitude de planquer. De rester immobile, pendant des heures, à attendre que quelque chose se passe. L'excitation avait repris le dessus, aussi je ne craignais plus de m'endormir.

Mais l'attente ne fut pas si longue que cela. Vers deux heures du matin, alors que tout Peuffié était profondément endormi et que les grillons chantaient dans les jardins, je vis l'homme sortir de chez lui, puis monter dans sa voiture et se diriger vers la sortie du village.

La partie la plus délicate commençait. Je devais le suivre, mais sans me faire repérer.

Je n'allumai pas les phares de mon épave et, fort heureusement, les rues du village n'étaient pas éclairées à cette heure aussi tardive. Je me servais de la lumière des phares arrière de ma cible et de la faible clarté de la lune pour me guider.

Quelques kilomètres plus loin, au beau milieu des champs, la voiture s'arrêta. Je coupai également mon moteur, tout en restant à une distance raisonnable. Le conducteur descendit, une pelle à la main, et se rendit dans un champ fraîchement labouré.

J'attendis qu'il commence à creuser dans la terre meuble et le rejoignis, à pas de loups. Il était tellement concentré sur sa tâche qu'il ne remarqua pas ma présence.

Puis, alors que je n'étais plus qu'à quelques mètres de lui, je braquai le faisceau puissant de ma lampe-torche et demandai :

— Eh bien, docteur, c'est une heure bien tardive pour jardiner, mais peut-être que vous faîtes partie de ces gens qui se fient aux phases de la lune ?

Tel un lapin dans les phares, le docteur Boulard resta figé, face à moi, la bouche entrouverte dans un cri silencieux d'incompréhension. Je désignai d'un coup de menton le pistolet qu'il tenait du bout des doigts et dis :

— Ah, mais... Je m'y connais assez mal en agriculture, par contre, ces joujoux-là, je connais bien, alors croyez-moi : ça ne repousse pas !

D'un seul coup, il lâcha l'arme et partit en courant. Mais à peine avait-il fait quelques mètres qu'il se tordit la cheville sur la terre meuble du champ et s'étala de tout son long. Je le rattrapai et lui dis :

— Aïe, à mon avis vous venez de vous faire une belle entorse. Mais, ne vous inquiétez pas, je pense que le capitaine Nicol va vous prescrire quelques années de repos.

Plusieurs semaines s'étaient écoulées. Ce soir-là, comme tous les mois, Florine et moi nous retrouvions chez moi pour manger des pizzas, boire des bières, et regarder un film ensemble. Mais contrairement à son habitude, mon amie était arrivée plus tôt que prévu. Je savais bien pourquoi : elle était pressée d'entendre le fin mot de l'histoire concernant le meurtre de Raymonde Henri.

À peine avait-elle passé la porte, fait une caresse rapide à Frankie et posé les deux pizzas sur la table de la cuisine, qu'elle me demanda :

— Bon alors, qu'est-ce qui s'est passé en fin de compte ?

L'odeur du fromage des pizzas tièdes commença doucement à envahir la pièce. Je sentis mon estomac gargouiller. Je sortis un paquet de cacahuètes du placard à provisions et, tout en le vidant lentement dans un saladier en porcelaine, je pris mon air innocent et demandai :

— Comment ça ? Je ne vois pas de quoi tu parles.

Elle prit son air navré, sans ajouter le moindre mot. Je

pris une poignée de cacahuètes et les engloutis. Après avoir fini ma bouchée, je dis :

— Attends, il faut mettre les pizzas au four, sinon elles vont refroidir.

Et, pendant que je les enfournai, elle me dit en geignant :

— Allez, je sais très bien que tu fais exprès ! Tu as très bien compris de quoi je voulais parler. Comment elle est morte, la vieille, là ?

— Ah, tu veux parler de Raymonde Henri. Oh, c'est une histoire bien compliquée. Tu veux une bière ?

Comme elle savait que j'étais d'humeur taquine et que je ne dirais rien tant que les bouteilles ne seraient pas ouvertes, Elle se jeta sur le décapsuleur et ouvrit les bouteilles. Très peu de mousse. Florine était vraiment experte en ouverture de bières. J'en pris une, nous trinquâmes et, sans même prendre le temps de nous asseoir, je lui expliquai :

— Eh bien, comme je te le disais, c'était une affaire bien compliquée. Tellement compliquée qu'ils ont dû s'y mettre à trois. Le docteur Boulard, l'adjudante Servier, et Zoé.

— C'est qui Zoé ? C'est la serveuse qui t'avait tapé dans l'œil, c'est ça ?

— Exactement. Et c'était aussi la nièce de la victime.

— C'est dingue, quand même. Comment on peut tuer quelqu'un de sa famille ? Ça me dégoûte.

Je voyais que Florine était troublée. C'était bien normal. L'oncle de mon amie était mort de la même manière. Assassiné. En veillant à ne pas faire de gaffe, je poursuivis :

— Oui, mais Raymonde avait de l'argent. Beaucoup d'argent. Et elle n'avait ni mari, ni enfant. Donc toute sa fortune allait revenir à Zoé. Et ça tombait bien, parce que la serveuse avait beaucoup de dettes, et cette somme lui aurait été bien utile.

— Et c'est pour ça qu'elle a fait ça ? Pour une bête histoire d'héritage ?

Florine prit une poignée de cacahuètes pendant que je poursuivais :

— Exactement, mais le problème, c'est que madame Henri était encore relativement jeune, et elle était en parfaite santé. Zoé ne pouvait pas se permettre d'attendre vingt ans que sa tante passe l'arme à gauche. Donc elle a décidé de forcer un peu la main du destin.

Je bus une gorgée de bière et en savourai l'amertume quelques secondes avant de continuer.

— Seulement, décider d'assassiner quelqu'un c'est une chose, passer à l'acte c'en est une autre. Il y a plein de problèmes sur le plan logistique. Comment tuer, concrètement ? Dans les romans ça paraît toujours facile, mais dans la vraie vie... Où trouver du poison, par exemple ? Ou, dans le cas qui nous intéresse, comment trouver une arme à feu ?

Florine ne dit rien. Elle me regardait fixement, attendant la suite. Je dis :

— Il se trouve que Zoé et l'adjudante Servier se connaissaient bien. Oh, pas forcément les meilleures amies du monde, mais elles se connaissaient. Elles faisaient toutes les deux du cheval ensemble et, au cours d'une sortie équitation, elles avaient discuté de ce qu'elles feraient si elles avaient une grosse somme d'argent. Arrêter de travailler, partir en voyage, s'offrir une belle maison, ce genre de choses. Oui, mais tout ça ce sont des rêves, à moins de gagner à la loterie. Ou d'hériter.

— Par exemple.

— Sauf que la loterie, c'est très aléatoire. Et les héritages, ça prend du temps. À moins d'accélérer un peu les choses, si tu vois ce que je veux dire. Et, de fil en aiguille, elles se sont rendu compte que, si Zoé avait un héritage à venir, Servier, elle, avait les moyens matériels d'accélérer les choses. En tant que gendarme, elle avait accès à tout un panel d'armes à feu. Au début, elles en ont discuté sur le ton de la rigolade, mais, peu à peu, ce qui n'était qu'une simple blague, une simple expérience de pensée, s'est peu à peu concrétisé. Et elles ont fini par élaborer un plan. Un plan bien concret.

Je plongeai ma main dans le bol de cacahuètes, avant de poursuivre :

— Elles savaient qu'elles seraient présentes au mariage toutes les deux, et que Raymonde Henri aussi. C'était le moment idéal. Elles pourraient être ensemble, au même endroit, au même moment, sans que ça ne paraisse suspect, et se fournir mutuellement un alibi. Elles savaient que la victime avait des problèmes de santé, et qu'elle devait se rendre souvent aux toilettes. Il suffisait d'attendre...

— Bon, OK, je vois. Mais le médecin, il vient faire quoi dans l'histoire ?

Derrière moi, le four se mit à biper.

— Les pizzas sont prêtes, on va s'installer dans le salon et je finis de t'expliquer ?

— OK.

Nous sortîmes les pizzas du four, l'eau à la bouche, et nous nous dirigeâmes au salon, Frankie sur nos talons.

Nous nous installâmes dans le canapé, en posant les cartons sur la table basse. Le chat se mit à miauler à mes pieds. Alors que je détachais une part de ma pizza, un bout de cheddar fondu tomba par terre. Frankie se précipita dessus en ronronnant. Tout en mangeant le peu de fromage qu'il restait sur ma pizza, je dis :

— Tirer sur quelqu'un sans se faire remarquer, c'est facile. Sauf que la balle se retrouve dans le corps de la victime, et l'on peut facilement retrouver l'arme qui a servi à tirer une munition. Et ça, l'adjudante Servier était bien placée pour le savoir. Si elle avait utilisé sa propre arme de service, on aurait eu vite fait de l'identifier. Non, elle a préféré laisser son arme de service à la gendarmerie, pour éviter d'éveiller le moindre soupçon, et s'est servie d'une arme qu'elle avait récemment saisie et confisquée. Une arme qui appartenait à un particulier qui n'avait pas le droit de la détenir.

— Je vois. Sauf que, comme c'était elle qui avait saisi cette arme, on aurait pu remonter jusqu'à elle aussi en examinant la munition.

— Exactement ! Il fallait donc donner l'impression que c'était une autre arme qui avait servi à faire feu. L'arme de service d'un autre gendarme, histoire de brouiller les pistes. Mais difficile d'emprunter discrètement l'arme d'un collègue. Heureusement, il y avait eu des exercices de tir toute la semaine. Donc, des balles tirées, en toute légalité, par les gendarmes de Peuffié, et abandonnées au sol. Il suffisait de se pencher pour en prendre une, au hasard. En l'occurrence, c'est tombé sur une munition provenant de l'arme du capitaine Nicol, mais ça, Servier ne pouvait pas le deviner.

— Mais comment ça ? Je comprends pas. On ne peut pas tirer une deuxième fois la même balle, si ?

— Non ! Et c'est là que le docteur Boulard intervient. Il a fait semblant de prendre soin de la victime, mais son rôle dans l'histoire, c'était de retirer la balle qui a touché la victime, et de la substituer par la balle que lui avait donnée l'adjudante Servier auparavant. La balle qu'il nous a donnée, ce n'était pas celle qui était dans le corps de cette pauvre Raymonde !

— Les gens sont vraiment tordus.

Elle secoua la tête d'un air navré.

Frankie, qui venait de finir son bout de fromage, vint s'allonger sur les genoux de Florine.

— C'est Frankie qui m'a aidé à comprendre ça. Je l'ai vu manger de vieilles croquettes qui trainaient sous un meuble, faute de pouvoir manger des croquettes neuves. C'est ça qui m'a orienté vers l'idée d'utiliser une ancienne balle qui avait déjà servi et qui trainait par terre, plutôt qu'une neuve. Et ensuite, j'ai pu tout reconstituer, ou presque. C'était le docteur aussi qui avait récupéré l'arme du crime, c'était évident. L'adjudante s'était approchée de lui pendant que le capitaine et moi, nous regardions ailleurs. Et Servier avait glissé l'arme dans la sacoche du médecin. Évidemment, nous n'avons pas pensé à regarder dedans, donc nous avons eu l'impression que l'arme avait tout simplement disparu. Mais le médecin allait être obligé, tôt ou tard, de se débarrasser de l'arme du crime. Impensable pour lui de la garder ou de la restituer à l'adjudante. Alors il allait devoir l'enterrer quelque part. Sauf que je l'ai suivi sans qu'il s'en rende compte et je l'ai pris la main dans le sac.

Florine fronça les sourcils tout en finissant d'avaler sa portion de pizza. Je savais ce qu'elle allait me demander, aussi je la devançai :

— Tu vas me demander pourquoi le docteur les a aidées, toutes les deux ? Je ne le savais pas encore à ce moment-là, mais il a tout avoué après son arrestation, alors j'ai eu le fin mot de l'histoire. Figure-toi qu'il devait une petite faveur à l'adjudante Servier. Tu sais, le chauffard qui avait renversé une jeune fille à la sortie de l'école, pas loin du centre équestre, il y a quelques mois ?

— Ah oui, celui qui avait pris la fuite et que personne n'a jamais pu retrouver ? Attends... Tu veux dire que c'était le docteur ?

— Oui, et malheureusement pour lui, Servier l'a vu. Elle était au centre équestre ce jour-là, et a aperçu, au loin, cette voiture qu'elle connaissait bien et qui roulait à toute allure. Elle a ensuite entendu parler du tragique accident, et elle n'a pas mis longtemps à recoller les morceaux. Elle a donc menacé le gendarme de le dénoncer s'il n'acceptait pas de coopérer avec elle. Avec un scandale pareil, c'en aurait été fini de sa carrière, sans parler de la condamnation judiciaire. Homicide involontaire et délit de fuite. Il était coincé...

— Il aurait mieux fait de refuser et de se dénoncer lui-même en fin de compte, parce que là il va passer quelque temps derrière les barreaux.

— Oui, certainement, et Zoé aussi. Enfin, pour tous les deux c'est l'histoire de quelques années à mon avis. Mais celle qui risque de ne jamais ressortir de prison, c'est l'adjudante Servier. C'est elle qui a tiré. Assassinat avec préméditation, sans parler de tout le reste, elle a un casier sacrément chargé désormais.

— En tout cas c'est dommage pour les deux mariés cette histoire. Ça leur a bien pourri leur cérémonie ! Et d'ailleurs, ça m'a donné une idée pour le film de ce soir !

— Ah oui ? Tu veux qu'on regarde quoi du coup ?

— *La mariée était en noir* de Truffaut. C'est de circonstance, non ?

— Ça me va.

J'allumai le poste de télévision et l'ordinateur, et cherchai le film dans la liste interminable qui se présentait à moi. Tandis que j'étais sur le point d'appuyer sur le bouton de lecture, Florine me dit :

— Bon l'adjudante Servier, c'est bien fait pour elle. Mais pour les deux autres, c'est un peu dommage quand même...

Je fronçai les sourcils.

— Comment ça ?

— Eh bien, déjà qu'il n'y avait qu'un seul médecin à Peuffié... Maintenant, il va falloir aller jusqu'à Bouillensac, tu viens d'aggraver la désertification médicale, je ne félicite pas.

— C'est vrai, je n'y avais pas pensé.

Elle me fit un sourire narquois et ajouta :

— Et pour Zoé, c'est dommage pour toi quand même, pour une fois que t'étais sur le point de pécho !

Je balayai son sarcasme d'un revers de la main.

— Oui, mais tu sais, je n'ai jamais été trop porté sur les assassins. Et puis mieux vaut être seul que mal accompagné, comme on dit, tu ne crois pas ? Bon allez, tais-toi maintenant, ça va commencer !

À PROPOS DE L'AUTEUR

Fabien Delorme est un écrivain Français né en 1979, originaire du Limousin et vivant actuellement dans les Hauts-de-France.

Passionné par les histoires en tous genres, il est particulièrement féru de littérature policière, genre pour lequel il a écrit un roman, *L'inconnu des Shetland*, ainsi que de nombreuses nouvelles, allant du mystère en chambre close à la nouvelle noire. Il ne rechigne pas à explorer d'autres genres à l'occasion, tels que la science-fiction ou la romance.

Fabien Delorme est également conteur et comédien, et a aussi animé pendant plusieurs années des chroniques radiophoniques sur l'art du conte et sur la littérature policière.

Restez informé des nouvelles sorties et obtenez une nouvelle gratuite en retrouvant l'auteur sur son site web :

https://www.fabiendelorme.fr

DU MÊME AUTEUR

ROMAN

L'Inconnu des Shetland

RECUEILS DE NOUVELLES

Les Prisonniers du Temps

Jérôme et Laura

Les Cinq disparus

NOUVELLES

Série « Les enquêtes d'Antoine Leduc »

Comment j'ai sauvé le Noël de monsieur Becquet

Mon Premier cadavre

Série « Les enquêtes d'Alexandre Grimbert »

La Perle de Kyoto

Le Charlatan

L'Ascenseur

La Grange au pendu

Série « Jérôme et Laura »

La Vallée de Jouvence

L'Éléphant en porcelaine

www.ingramcontent.com/pod-product-compliance
Lightning Source LLC
Chambersburg PA
CBHW020944160726
47993CB00007B/2927